POUR BRIGITTE ET KURT

LES 3 PETITS COCHONS

JEAN CLAVERIE

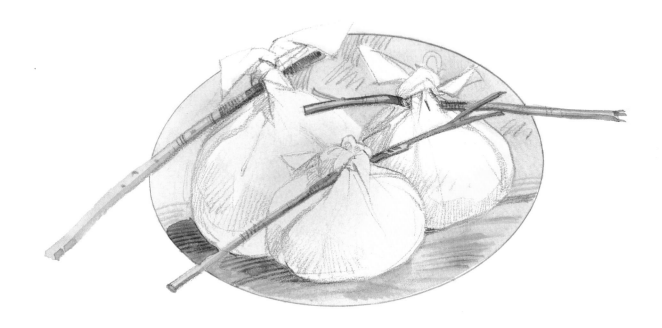

EDITIONS NORD-SUD

Il était une fois trois petits cochons dodus qui s'aimaient tendrement tout en étant très différents: le premier aimait manger et dormir, le second aimait jouer et le troisième petit cochon était plutôt sérieux. Ils eurent un jour envie de voir du pays. Aussi, après avoir embrassé leur maman, ils se mirent en chemin.

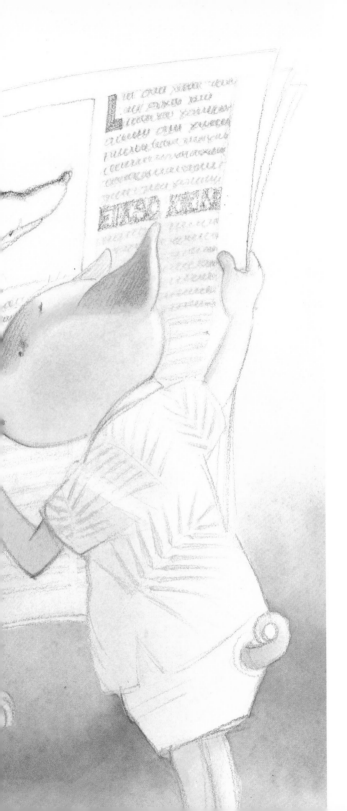

Un matin ils apprirent une terrible nouvelle: le loup revenait au pays où il était né et nos trois cochons se trouvaient précisément dans cet endroit-là! «C'est notre pire ennemi, c'est maman qui l'a dit!» s'exclamèrent-ils. Tous les animaux du voisinage ayant regagné leurs maisons, les pauvres petits cochons comprirent qu'il leur fallait s'en construire une bien vite.

Le troisième petit cochon se mit tout de suite à creuser de bonnes fondations: il voulait construire une maison de pierre. Le premier petit cochon se hâta de tresser des brins de paille qu'il avait trouvés sur une meule voisine: le soir même il acheva sa paillotte et put y dormir à l'abri sans plus penser au loup.

Le second petit cochon planta des piquets aux quatre coins de sa cabane de bois et disposa comme il put des branches pour faire les murs. Contrairement à son habitude il travailla même le deuxième jour pour poser son toit avant d'aller jouer: «Viendra-t-il seulement, ce loup!»

Le troisième jour le troisième petit cochon avait cimenté le dernier rang de pierre. Ses frères se moquaient bien un peu de lui et de son travail acharné. Lui ne disait rien mais, en assemblant sa charpente, il pensait: «Pourvu que j'aie le temps de finir!»
Le soir, la maison étant achevée, il réalisa qu'il manquait une cheminée: il se remit à l'ouvrage et, toute la nuit, en construisit une bien solide.

«Qui a osé s'installer dans la clairière où je suis né?» gronda le loup. Puis, voyant que ce n'était que trois petits cochons dodus, il se ravisa... «Miam... quel joli casse-croûte!»
Entendant cette sombre voix les trois frères, un instant glacés d'effroi, se ressaisirent et coururent bien vite se mettre à l'abri, chacun dans sa maison.

Le loup fondit sur la paillotte et souffla si fort que celle-ci s'envola tout de suite. Profitant de ce que le loup reprenait son souffle, le malheureux petit cochon se précipita chez son frère.
«Au secours! Ouvre-moi vite!»

Le loup s'approcha alors de la cabane et souffla si fort que celle-ci trembla, craqua... mais résista. Surpris le loup inspira alors plus profondément et souffla, souffla si longtemps que la cabane s'éparpilla autour des infortunés. Tandis que le loup toussait tout en reprenant son souffle, les deux petits cochons coururent chez leur frère:

«Au secours! Ouvre-nous vite!»

Alors le loup se planta devant la maison de pierre, ôta sa veste, retroussa ses manches, inspira et souffla comme il l'avait fait sur la cabane... La maison ne bougea pas.

Une fois qu'il eut bien toussé, craché, juré, le loup reprit son souffle. A l'intérieur les trois petits cochons étaient dans la plus grande angoisse. Le second souffle fut encore plus long, plus puissant que le précédent... mais la maison tint bon.

Fou de rage, le loup s'étranglait, haletait, et à l'intérieur les petits cochons s'embrassaient, pensant que ce serait la dernière fois. Le loup inspira si fort qu'il créa un courant d'air contraire aux précédents! Puis vint le souffle, le dernier, le plus terrible... Tout s'envolait autour de la maison: herbe, terre, cailloux, tout... sauf la maison. Epuisé, humilié, le loup s'éloigna.

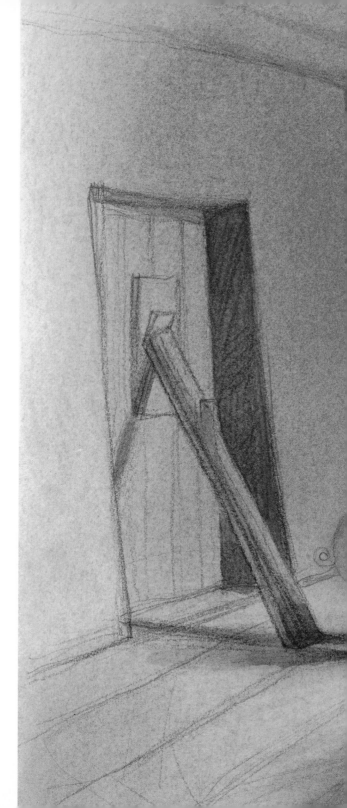

Les trois petits cochons tremblèrent de peur encore très longtemps. Ce n'est que tard dans la nuit qu'ils s'endormirent blottis les uns contre les autres.
Au petit matin, réveillé par des bruits de pas sur le toit, le troisième petit cochon secoua ses frères: «Vite, aidez-moi, allumons le feu sous la marmite!»
Tandis qu'ils soufflaient pour attiser le feu, de la suie tombait dans la soupe.

La marmite bouillonnait quand une énorme masse noire s'abattit dans une gerbe d'étincelles et de cris. «Waooou!» Brûlé, ébouillanté, pelé, le loup ressortit aussitôt par où il était entré.

On raconte que dans la clairière on peut encore voir trois petites maisons de pierre. Mais ce n'est pas vrai. La vérité c'est que le troisième petit cochon agrandit sa maison pour accueillir ses frères et sa maman, que le premier petit cochon fabriqua de bons lits douillets et que le second petit cochon installa la balançoire pas trop loin de la maison, au cas où...

© 1989 Editions Nord-Sud, pour l'édition en langue française
Tous droits réservés
Imprimé en Belgique
Loi n° 49-956 du 16 juillet 1949 sur les publications destinées à la jeunesse
Dépôt légal 1er trimestre 1989
ISBN 3 314 20655 0

2e tirage 1990